봄날愛도쿄

민 영

수영과 글쓰기로 흐트러지는 마음을 붙잡습니다. 봄에 혼자 여행을 하고 여름이 가도록 글과 그림 작업을 했습니다. 느리지만 즐거웠습니다.

● 오후세시민영의서재
● 후쿠오카그라탕
● 스며들다
● 봄날愛도쿄

.

나 혼자 간다 <1>

Before

● 봄, 도쿄   15

D-Day

● 두근두근 여행 준비   20

Day 1

● parden?   26
   - 인천공항에서 나리타 공항으로
● 의외의 보너스   32
   - 공항 리무진
● You're very kind!   36
   - 도쿄 지하철 역무원
● 벚꽃나무 아래에서   40
   - 요요기
● Where is MAIN STREET?   48
   - 시모키타자와
● 반짝반짝 빛나는 도시의 야경   54
   - 신주쿠 워싱턴 호텔 맨해튼 테이블

Day 2

- 둘째 날 아침   62
  - 미로 같은 신주쿠역
- 왕실의 정원   68
  - 신주쿠 교엔
- 봄, 벚꽃   72
  - 나카메구로
- 아기자기 파루 상점가   80
  - 코엔지
- 아키타 견은 어디로?   90
  - 시부야
- <심야 식당> 그 거리   96
  - 신주쿠
- 행운의 마침표   104
  - 도쿄 도청사 전망대

Day 3

● 위 아 더 월드!   112
 - 신주쿠 워싱턴 호텔 조식
● 도심 속 오아시스   116
 - 신주쿠 중앙공원
● 공항에서 시간 보내기 122
 - 나리타 공항
● 스무스한 입국 수속   126
 - 인천 공항

After

● 추억   132
 - 나 혼자 간다
● 맺으며   135

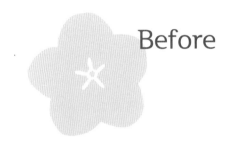

Before

● 봄, 도쿄

　도쿄 벚꽃은 3월 말 4월 초가 피크라는 벚꽃 지
도를 보았다. 후쿠오카, 오사카, 오키나와는 가봤
지만 도쿄는 아직 못 가봤다. "그래... 도쿄에 가는
거야. 꽃도 즐기고 도시 여행도 하고..." 코로나도
끝나가고 기나긴 겨울방학도 끝났고 어딘가로 혼
자 여행하고 싶었다. 그동안 해외여행은 패키지 상
품을 이용하거나 가족과 함께였지 나 혼자 해본 적
은 없었다. 외국의 공항에 혼자 도착하면 수속을 착
착 해결하고 숙소까지 무사히 가는 일이 어려운 모
험으로 느껴졌다. 그렇다고 패키지여행을 예약해서
모르는 일행에 섞여 혼자 여행하는 것은 내키지 않
아 여행사의 에어텔 상품을 검색해 봤다. 도쿄 3월
말 에어텔 상품 중에 적당한 게 보여 며칠 동안 고
민을 하다 예약했다. 2박 3일이면 주부가 집을 비
워도 그럭저럭 생활할 수 있는 독립적인 식구들이
모두 찬성해 주었다. 더 나이 들면 어쩌면 혼자하는

자유여행은 정말 못할 수도 있지 않을까? 할 수 있을 때 한번 해보자!

예약은 3월 첫 주에 하고 일정은 책자와 블로그를 활용해서 여행 2주 전부터 공부하기로 했다. 우리 가족의 첫 자유여행이었던 오키나와와 반일 자유 일정이 포함됐었던 홍콩 여행의 일정도 책자를 보면서 계획했었고 나름 만족했었기 때문이다. 여행의 묘미는 우연이라고는 하지만 혼자 다니는 낯선 도시의 여행에서 일정표 없이 다니다 보면 아무것도 못하고 후회만 하게 될 것 같았다. 중간에 즉흥적인 계획이 생기더라도 기본 일정이 있어야 좋을 것 같아서 일단 짜보기로 했다.

구글 맵으로 도쿄 지도를 켜고 숙소의 위치를 확인하고 근처 추천 여행 코스들을 살펴보았다. 도쿄는 볼거리가 많아서 일주일 정도는 머물러야 제대로 볼 수 있다고들 했다. 2박 3일 여행이니 비행시간을 빼면 여행 시간이 짧아서 숙소 근처 위주로 일정을 짜고 못 본 곳은 다음 여행을 기약하기로 했다. 게다가 주 이동 수단인 도쿄 지하철을 처음 타보는 거라 헤매지 않을까 걱정이 되기도 했다.

책을 보면서 계획하다 보니 처음 가보는 도시라서 추천 여행지가 어떤 곳일지 너무 막연했다. 그런데 유럽 여행 때 그 도시가 나오는 영화나 티브이 예능 프로그램으로 미리 도시 분위기를 화면으로 보고 갔던 게 생각이 나서 네이버와 올레 티브이에 <도쿄 여행> 검색어를 넣어 봤다. 하지만 마땅한 프로그램이 나오지 않았다. 그러다 유튜브가 떠올랐다.

책에서 소개해 준 추천 여행지를 유튜브에서 검색하자 수십 개의 동영상이 올라왔다. 도쿄에 사는 한국인들이 만든 브이로그들이었다. 하나씩 클릭해서 보다 보니 어느 곳이 어떤 분위기인지 동영상으로 생생하게 확인할 수 있었고 내가 가고 싶은 곳. 가서 하고 싶은 것들이 정리되기 시작했다. 그중에는 특별히 나와 감성이 맞아 보이는 유튜버가 있어서 그의 채널에 들어가서 소개해 주는 영상들을 차례로 보기도 했다. <도쿄 사는 웅이> <도쿄에 바키나> <OHHA TOKYO> 등이 내가 참고했던 채널들이다.

D-DAY

D-day 3

여행사에서 '비짓 재팬' 안내와 비행기 표가 이메일로 왔다. 코로나 이후로 검역이 강화돼서 챙겨야할 게 많았다. 코로나 예방접종 영문 확인서는 여행상품 예약한 날 카톡으로 안내를 받고 바로 해놓아서 '비짓 재팬' 웹 등록을 수월하게 했다. 세관신고도 할 수 있게 연결이 돼있어서 같이 했다. 에어텔상품이라 여행사 담당자에게 카톡으로 궁금한 사항들을 문의하니 안내를 잘 해주었다. 혼자 여행은처음이라서 비행기 표와 숙소를 따로따로 예약하고움직였다면 비용도 더 들고 많이 허둥거렸을 것 같았다. 에어텔로 예약하기 잘했다.

D-day 2

    드디어 내일이면 자정을 넘기고 조금 쉬었다 도쿄행 비행기를 타러 인천공항으로 간다. 두근두근 설렌다. 꼼꼼하게 안내 온 대로 준비했지만 빠뜨린 건 없겠지?

D-day 1

    티웨이 항공 탑승권 예매 완료했다. 카톡으로 링크가 와서 누르면서 진행하니 모바일 탑승권이 왔다. 아침에 카톡이 오자마자 바로 했더니 앞쪽 좌석으로 예매할 수 있었다. 이렇게 공항에서 하던 일들을 미리 폰으로 해놓는데도 탑승 수속이 혼잡하니 3시간 전까지 공항에 도착하라는 안내가 왔다. 잘할 수 있을까? 두려움에 두근거리고 설렘에 두근거린다.

DAY 1

공항이 혼잡하다는 블로그나 유튜브 영상도 보았지만 여행사 안내 톡으로 3시간에서 3시간 반 먼저 공항에 도착하라고 안내가 와서 7시 45분 비행기인데 집에서 3시 조금 넘어 출발했다. 새벽이라 도로가 안 막혀서 4시에 공항에 도착하니 공항은 한산했고 와이파이 도시락 24시간 대여 창구를 찾는 것만 조금 헤맸다. 출국심사도 착착 진행돼서 20분 만에 티웨이 항공 게이트에 도착했다. 7시 45분 출발까지 2시간 반이나 남은 5시에 게이트에 도착했다.

게이트 쪽으로 걸어가다 던킨도너츠 직원이 준비를 하고 있길래 오픈 시간을 물어보니 6시라고 했다. 탑승할 게이트는 제일 안쪽인 걸 확인한 후 조용하고 사람이 없는 쪽으로 가서 의자에 누웠다.

잠이 오진 않았지만 그래도 누워 있으니 조금 괜찮았다. 이럴 줄 알았다면 집에서 1시간 더 자고 나오는 건데... 조금 쉬었다가 6시 오픈에 맞춰서 던킨으로 가서 생수와 커피, 에그 샌드위치를 샀다. 출국장 안에서 산 음식은 기내에 들고 탈수 있다고 한다. 하지만 뜨거운 음료는 no! 기내에 샌드위치를 가지고 가려는 사람들로 던킨 도너츠에 줄이 길게 섰다. 나는 커피와 샌드위치는 다 먹고 생수만 들고 타기로 했다. 아침을 먹고 쓰레기를 정리하고 생수는 가방에 넣고 게이트 103번 앞으로 가서 의자에 앉아 있다가 아직도 시간이 남아서 캐리어에 다리를 올리고 앉은 자세로 눈을 감았다. 불편한 자세임에도 신기하게 잠이 왔다. 깜빡 졸고 나니 탑승이 시작됐다. 드디어 출국이다!!

탑승 후 창 너머로 이륙하는 장면만 조금 보고 눈을 감고 멍하니 가다 보니 2시간 반 만에 나리타 공항에 도착했다. 입국할 때 '비짓 재팬' 때문에 와이파이를 써야 한대서 도시락을 바로 켰다. 블로그에서는 '비짓 재팬' 파란 글씨만 보여주면 그냥 통과해서 싱거웠다고 한 경우도 있어서 캡처해서 저장한 이미지를 보여줬더니 원본을 확인하고 싶어 했다.

역시 와이파이를 쓰게 되는구나. 내가 카톡으로 링크를 찾느라 버벅대고 있으니 직원이 큐얼 코드를 보여주었다. 카메라를 대고 확인해 주었더니 엄지를 척 들면서 잘했다고 좋아해서 나도 덩달아 으쓱해졌다. 어쨌든 공항에서 한고비를 넘겼다는 생각에 안도감이 들었다.

　항공권 좌석이 앞쪽이어서 일찍 나올 수 있기도 했지만 수속도 오래 기다리지 않았고 공항 안내 데스크에 한국인이 있어서 헤매지 않고 금방 리무진 승차권 교환 장소를 찾았다. 승차권 교환은 내가 예약한 큐얼 코드를 보여주면 되었는데, 20대로 보이는 젊은 여자 직원이 마스크를 쓰고는 계속 머라고 웅얼 거리길래 "parden?"이라고 말하니 가슴을 치며 답답해하면서 퉁명스러웠다. "parden"을 못 알아듣는 것 같았다. 그리고 본인이 마스크를 쓰고서 조그만 목소리로 웅얼거리니 한국말이었어도 못 알아들을 판이었는데 도리어 답답해하니 영어로 항의해야 했지만 나의 영어 실력도 고만고만해서 그만 참았다. "호텔에서 공항으로 오는 승차권은 하루 전날 예약해야 하므로 이 종이를 잊어버리지 말아라" 그런 내용을 말하고 있는 거 같았다. 내가 보기에 그 직원은 영어가 아주 유창하지 않으나 일은 계속해야 하고 외국인들과 소통이 잘 돼지 않아서 이런저런 항의를 많이 받지 않았나 싶었다. 호텔에서 공항으로 오는 리무진 예약 데스크 직원도 비슷했다. 둘 다 젊은 여성이었고 영어가 아주 유창하지 않으면서 마스크를 쓰고 웅얼거리고 자기 말을 못 알아듣는다고 답답해했다. 도쿄에서 불친절했던 유일한 두 사람이었다.

10시 38분에 나리타 리무진 승차권 교환을 완료하고 위치를 확인하러 나가니 나가자마자 바로 승차장이었다. 안내 전광판에는 한국어로도 승차시간이 나왔다. 아직 여유가 있어서 다시 공항으로 들어가 의자에 앉아 쉬면서 네이버 검색을 하면서 시간을 보냈다. 와이파이 도시락은 도쿄는 하루 3천원으로 비용도 저렴하고 어디서든 잘 터져서 참 좋았다. 다만 조금 부피도 있고 무거워서 여행용 크로스백에 와이파이 도시락과 셀카봉을 넣으면 생수한 병 넣고 다니기가 살짝 부담스럽긴 했지만 덕분에 구글 맵을 켜고서 어디든지 두려움 없이 다녔던 것 같다.

리무진을 탑승하고 가다 보니 스카이트리처럼 보이는 탑이 저 멀리 보여서 구글 맵을 켜보니 오다이바를 지나가고 있었다. 곧이어 버스 창 너머로 멋진 다리가 보였고 그 위를 타고 지나가자 도쿄타워가 아주 가까이 보였다. 바로 레인보우브릿지였다. 숙소 근처로 일정을 계획하고 먼 곳은 빼느라 <도쿄타워>도 <스카이트리>도 모두 제외했었는데 이렇게라도 감상하며 지나가게 되어 기뻤다.

● 의외의 보너스
- 공항 리무진

　　공항에 도착해서 숙소까지 나 홀로 찾아가는 것이 이번<Spring Tokyo>의 나의 첫 번째 미션이었다. 자유여행을 해보기 전에는 공항에 도착하고 그 다음부터 어떻게 해야 할지가 제일 난감할 것 같았다. 패키지여행은 가이드만 놓치지 않으면 된다. 가족여행은 딸 손 잘 잡고 남편만 잘 따라다니면 된다. 하지만 이번에는 공항에 혼자 도착한다! 블로그를 찾아보니 <넥스>타고 신주쿠까지 가는 사람들이 많은 것 같았다. 나리타 공항에서 일반 전철로 도쿄 시내까지 가는 방법도 있는 것 같았다. 그런데 내가 예약한 <신주쿠 워싱턴 호텔>은 신주쿠 역에 있었는데 신주쿠 역이 출입구가 100개가 넘는 큰 역이라 첫 방문자는 대부분 길을 잃게 된다는 후기가 넘쳤다. 그러다 어느 블로그에서 공항 리무진을 이용해서 호텔 바로 앞에서 내리고 승차도 했다는 글을 보았다. 여행 전에 클룩이라는 사이트에서 예매하면 할인도 받을 수 있다고 해서 리무진을 이용하기로 하고 예약을 하면서 지하철 패스 48시간 권도 같이 예매했다.

　도쿄에 도착하자마자 지하철역에서 헤매다 진을 빼지 말자는 단순한 생각이었는데 리무진이 의외의 보너스가 있었는데 바로 나리타에서 오다이바를 지나서 신주쿠로 가는 경로였다. 창가 자리에 앉아 무심히 시선을 던지고 가다 보니 바다가 보이기 시작해서 구글맵을 켜보니 위치가 오다이바였다. 오다이바는 숙소에서 멀어서 다음을 기약하고 일정에 넣지 않았었는데 호텔로 가는 길에 경치를 보게 된 것이다. 물론 자유의 여신상까지 보이지는 않았지만 멋진 레인보우 다리 위를 지나가면서 저 멀리 '스카이트리'가 보였고 이어서 '도쿄 타워'는 더 가까이에서 지나가게 되었다. '도쿄 타워'는 숙소에서 많이 멀지는 않지만 순위에 밀려서 시간이 되면 갈 곳으로 예비 후보로 두었던 곳인데 이렇게 리무진을 타고 가면서 보게 되니 좋았다. <넥스>타고 신주쿠 역까지 갔다면 이번 여행에서는 도쿄타워를 보지 못했을 것이다. 더 좋았던 것은 리무진을 왕복

으로 예매했으니 나리타공항으로 돌아갈 때도 이
다리를 지나가게 된다는 것이었다.

11시 10분에 출발하는 리무진을 타고 1시 반쯤 숙소에 도착했다. 3시쯤 돼야 체크인이 될 줄 알았는데 바로 가능해서 일단 룸에 짐을 풀고 한숨 돌린 후에 호텔 지하 식당가에서 토마토 라멘을 먹었다. 메뉴가 일본어로 쓰여있는 키오스크로 주문을 해야 했는데 직원에게 부탁하니 친절하게 알려주었다. 일단 배를 채우고 나니 주변이 보이기 시작했고 식당가 바로 앞쪽으로 지하도로 가는 연결 통로가 보였다. 그 길을 따라가면 지하철역일 것 같아서 신주쿠역으로 가보기로 했다. 연결 통로 입구에 가보니 영어로 표지판이 있었다. 리무진이나 지하철 안에서는 한국어 안내가 잘 되어있어서 내가 가고자 하는 곳을 그럭저럭 찾아갈 수가 있었다.

지하철역에서 미리 예약한 Tokyo subway 48

시간 권을 교환해야 했는데 마침 개찰구 앞에 제복을 입은 중년의 여성분이 계셨다. 그분에게 핸드폰에 다운로드한 큐얼 코드를 보여주니 신주쿠역에는 이 티켓을 교환할 수 있는 기계가 없지만 한 정거장만 가면 요요기 역에 티켓을 교환할 수 있는 머신이 있다고 했다. 나는 요요기 하치만 역에 가려고 한다고 하자 조금 난감한 표정이길래 하지만 나는 요요기 역에서 요요기 하치만 역까지 걸어갈 수도 있다고 했다. 그렇다면 요요기 역에 티켓 교환 머신이 있으니 거기서 교환하고 가라고 하셨다. 그리고 그곳 역무원에게 지금 발권하는 티켓을 주라고 했다. 안내해 준 대로 한 정거장 가는 티켓을 발권하니 개찰구에 티켓을 넣지 않고 통과하게 해주었고 요요기 역 역무원에게 표를 보여주라며 신주쿠역 역무원에게 요청해서 도장을 찍어줬다.

요요기 역에 도착해서 개찰구로 나가면서 역무원에게 도장이 찍힌 지하철 표를 보여주고 tokyo subway 48시간 권 큐얼 코드를 보여주자 미리 전화를 받은 것인지 친절한 미소로 교환하는 머신 앞까지 동행해서 교환하는 방법을 알려주고는 타고 온 지하철 표는 현금으로 바꿔 주었다. 지하철 표는

37

170엔으로 적은 금액이었지만 외국인 여행자를 배려하는 과정에 놀라움을 금치 못했다. 도쿄 여행의 시작이었던 나는 너무 감동한 나머지 "Thank you! Thank you!" "You're very kind!"를 외치게 되었는데 이 일을 시작으로 도쿄 여행의 짧은 여정 동안 지하철 역무원과 경찰, 도쿄 시민들의 친절함에 감동을 받은 순간이 많았다. 우리는 일본과는 가깝고도 먼 나라이지만 어느 나라건 평범한 국민들은 선량한 사람들이 더 많다는 생각을 하게 됐다.

● 벚꽃나무 아래에서
- 요요기

　여행 일정을 계획할 때 그동안 다닌 소소한 여행들로 새로운 도시를 보는 여정은 그럭저럭해본 것 같은 기분이 들었다. 동양의 대도시 다운타운은 조금씩 다르긴 하지만 거의 비슷한 것 같았다. 도쿄도 처음 가보는 도시이지만 추천 여행지는 너무나 많은데 비행시간을 빼면 이틀이 될까 말까 한 짧은 여정이다 보니 하나의 콘셉트로 일정을 잡는 게 좋을 것 같았다. 유튜브를 보면서 나의 <봄, 도쿄> 여행은 감성 여행으로 방향을 잡았다. 감성 카페가 있는 동네, 벚꽃이 예쁜 장소, 아기자기한 소품을 파는 상점들이 모여있는 곳으로 일정을 짰다.

　블로그나 책자를 보면서 도쿄의 여행지들을 살펴보다 현지 서울인으로서 비교하면서 생각해 보니 외국인이 서울을 처음 방문한다면 추천 여행지라고 명동과 강남역, 홍대만 보고 가는 것보다는 그중에서는 한 군데만 보고 조금 한적하지만 한옥골목이 있는 북촌이나 예쁜 카페들이 많은 연남동을 일정에 넣고 가는 게 더 좋지 않을까 싶었다. 그래서 나도 숙소가 신주쿠에 있으니 시부야와 하라주쿠는 일정에서 빼고 예쁜 카페들이 있다는 요요기 하치만과 요요기 우에하라 그리고 요즘에 일본의 예스러운 감성으로 관심받고 있다는 코엔지를 일정에 넣었다. 다운타운인 신주쿠는 이틀 동안 일정을 마치고 숙소로 돌아오면서 들르면 될 것 같았다.

첫날은 새벽에 움직여야 해서 혹시 지치는 기분이 들면 숙소 근처만 돌아다녀 보려고 했지만 도착하고 보니 컨디션이 꽤 나쁘지 않아서 일단 지하철을 타보기로 했다. 역시 여행은 없던 힘도 솟게 만드는 마력이 있나 보다. 첫 일정으로 멀리 갈 수 있다면 요요기 하치만 역을 생각했었다. 그런데 신주쿠역에서 요요기 하치만 역까지 가려면 환승을 해야 했는데 잘할 수 있을지 걱정이 되었다. 그래서 고민하다가 어느 블로그에서 요요기 역에서 요요기 하치만 역까지는 걸어서 20분이라는 글을 보았다. 그래서 신주쿠역에서 지하철을 타게 된다면 요요기 역에 내려서 메이지 신궁을 지나 요요기 공원을 잠시 들렀다가 요요기 코엔 역에서 다시 지하철을 타고 요요기 우에하라로 가기로 했다. 요요기 코엔 역과 하치만 역은 가까워서 거의 같은 역이라고 했다.

요요기 역에 내려서 구글맵을 켰다. 사실 고백하자면 이때까지 나는 구글맵을 켜고 <경로>를 누르면 네이버 지도처럼 길 안내를 해준다는 사실을 깨닫지 못했다. 그래서 지도를 켜고 나의 위치를 확인하고 표지판과 지도를 번갈아 보며 찾아가다 메이지 신궁을 지나 요요기 공원에 도착했다. 가는 동안 일본의 평범한 주택가를 지나가게 되어 나름 그 기분이 좋았다. 패키지여행을 할 때면 전세 버스를 타고 목적지에 도착하면 한 바퀴 둘러보고 다시 버스를 타고 다음 목적지로 가는 일의 연속이었지만 이렇게 외국의 골목길을 걸으니 기분이 새로웠다. 도쿄의 속살을 보는 기분이었달까? 그런데 메이지 신궁은 구글맵을 보니 안쪽에 있어서 길을 지나면서 보이지는 않았다. 우리나라도 종묘 앞을 지난다고 뭐가 보이는 것은 아니지만 지나면서 입구라도 보이지 않을까 기대했던 것 같다. 그렇다고 메이지 신궁을 꼭 보고 싶다는 열의 같은 건 없어서 일단 요요기 공원이 보이는 것에 만족하며 안으로 들어섰다.

처음 생각에는 첫날은 숙소에서 가까운 <신주쿠 교엔>에 도시락을 사가지고 가서 쉬었다가 신주쿠 시내를 돌아다닐 생각이었는데, 블로그를 검색하다 <신주쿠 교엔>은 국립공원이라 월요일에 휴무라는 사실을 발견했다. 미리 알지 못하고 힘들게 찾아갔다가 허탕을 쳤으면 얼마나 황망했을까! 그 사실을 알려준 블로그는 대신 <중앙공원>을 추천해 주었는데, 나는 요요기 하치만으로 가면서 요요기 공원에 들르기로 했다. 공원을 일정에 넣은 이유는 다름 아닌 벚꽃 시즌이었기 때문이다. 벚꽃 시즌이 아니었다면 아마도 <신주쿠 교엔>을 제외한 공원들은 일정에 넣지는 않았을 것 같다. 내가 신카이 마코토의 애니메이션을 좋아해서 <언어의 정원>의 배경이 되었던 교엔은 한 번쯤 꼭 가보고 싶었다. 그리고 직접 가서 보니 벚꽃 시즌이 아니더라도 도쿄에 간다면 한번 가보라고 추천해 주고 싶었다. 내가 만약 도쿄에 살았다면 <도쿄 사는 웅이>처럼 자주 돗자리를 들고 가서 숲 멍을 하다 오지 않았을까? 도심 한복판에 그렇게 웅장하고 멋진 공원이 있다니 감탄했다.

43

<요요기공원>의 벚꽃은 절정은 지났지만 아직 화사하게 남아 있었다. 벚꽃나무뿐만 아니라 수령이 오래된 우람한 나무들이 많아 은근히 부러웠다. 오랜 세월 가꿔 온 공원의 역사가 느껴졌기 때문이다. 크게 기대하지 않고 찾았었지만 공원의 깊은 호흡이 인자로운 숲의 정령에게 평화를 선물받는 기분이 들게 했다. 나는 벚꽃 나무 아래 손수건을 펴고 잠시 앉아서 쉬다가 편의점에서 사 온 녹차를 마시며 숨을 고르며 천천히 다음 일정을 생각했다. 요요기 하치만을 둘러보다 예쁜 카페가 나오면 잠시 쉬어가고 시간이 남으면 요요기 우에하라도 들러볼까 생각하며 네이버 검색을 했는데 새로운 정보를 알게 됐다. <시모키타지와>가 <코엔지>와 비슷하지만 젊은이의 거리라고 했다. 지하철 맵을 보니 요요기 코엔 다음 역이 요요기 우에하라 그리고 그 다음이 시모키타자와 역이었다. 코엔지는 가고 싶긴 하지만 아무래도 이번 여행에서 들르기가 쉽지는 않을 것 같아서 지하철을 갈아타지 않고 조금만 더 가면 되니 시모키타자와에 가도 좋을 것 같았다.

　　요요기 코엔 역 근처는 조용하고 정돈된 분위기의 거리였다. 출입구 근처에서 직진으로 오고 가다

독특해 보이는 소품 숍에 잠시 들르고, 괜찮아 보이는 밥집과 케이크 집들이 보여서 망설였는데 딱히 배가 고프지는 않아서 다음 여정으로 출발하기로 했다. 요요기 우에하라는 감성 카페가 많은 동네라고 했으니 이곳과 비슷할 것 같아 젊은이들의 거리라는 <시모키타자와>로 바로 출발하기로 했다.

　호텔에서 나올 때는 너무 늦지 않게 신주쿠로 돌아와서 저녁을 먹고 숙소로 올까 했지만 아직 시간이 충분했고 역무원들이 친절해서 인지 지하철 타는 것에 두려움도 사라져서 가벼운 마음으로 시모키타자와 역으로 출발했다. 그런데 내가 예약한 지하철 패스로는 추가요금을 내야 하는 구간들이 있었다. 어느 노선이 추가요금을 내야 하는 건지는 지금도 잘 모르겠지만 개찰구를 통과하면 역무원들이 친절하게 얼마를 더 내야 하는지 알려주었다. 요요기 코엔 역에서 시모키타자와 역에 갈 때도 추가요금을 냈다. 내가 냈던 추가요금은 두 번 모두 170엔으로 그렇게 부담이 되지는 않았다.

● Where is MAIN STREET?
- 시모키타자와

시모키타자와는 역부터 번화한 느낌이 들었다. 개찰구를 나오자 역사에 식당가와 잡화점이 있었다. 코엔지와 시모키타자와는 둘 다 구제의 성지인데 코엔지가 동묘 분위기라면 시모키타자와는 젊음의 거리이고 요즘엔 코엔지가 새롭게 주목받고 있다고도 한다. 나는 구제는 사본적은 없지만 옛날 일본 감성을 느낄 수 있고 물가가 비교적 저렴하다고 해서 코엔지가 궁금했지만 일단 시모키타자와로 오게 됐다.

역사에서 그냥 직감적으로 발길 닿는 대로 걷다보니 서쪽 출구로 나가게 되었다. 나가자마자 식료품점과 괜찮은 카페가 보였는데 일단 조금 더 걸어보기로 했다. 길을 잃으면 안되니까 나온 방향에서 무조건 직진했다. 단정한 주택가를 지나면서 작은

48

공원 안에 북 트럭이 보였고 조금 더 지나니 느낌상 이벤트로 조성된 것 같은 카페거리가 보였다. 뭔가 북 축제 같기도 했는데 잘은 모르겠었다. 길 양쪽으로 조성된 밥집과 카페 사이 가운데 마당에 테이블이 놓여 있는 광장이 있어서 일단 여기서 밥을 먹기로 했다. 연어 덮밥을 주문하고 자리에 앉아 있는데 옆 테이블에서 한국 청년 둘이 대화하는 소리가 들렸다. 한국 사람들도 있는 걸로 보아 잘은 모르겠지만 내가 핫한 장소로 잘 찾아온 기분이 들었다.

   밥을 먹으면서 구글 지도를 켜보니 시모키타자와는 동쪽 출구로 나가야 번화가라는 걸 알게 됐다. 점저를 먹고 근처에 있는 식료품점을 잠깐 구경하고 역사로 갔는데 내가 들어간 출입구가 동쪽인지 서쪽인지 잘 모르겠어서 반대편 입구에서 구제 옷을 판매하고 있는 점원에게 묻기로 했다.

"excuse me"
"하이. 하이"... 친절한 미소
"Where is east gate ?"
"아. 하이?... 이스토?"
"East gate! In this station!"

49

"이스토?" ...난감한 표정 "sorry sorry. I don'
know"
"Um... I want go main street. Where is
MAIN STREET?"
"AH!! MAIN STREET? O.k. go there"
청년은 바로 앞 출구를 가리키며 활짝 웃었다.

　그가 가리키는 방향으로 나와서 계단을 내려가
니 광장을 지나 바로 상점가가 펼쳐졌다. 폴로 등의
구제 옷을 파는 가게들과 밥집들이 이어졌는데 교
복을 입은 학생과 젊은이들이 많았다. 가게들 사이
사이로 구제 명품을 팔거나 구제가 아닌 듯 보이는
에코백과 가방을 파는 가게도 있었고, 앞치마 같은
소품을 만드는 원단을 파는 것처럼 보이는 가게들
도 있었다. 어떤 가게에서는 k-pop이 쿵작쿵작 흘
러나오기도 했다.

　보통 폴로셔츠가 6만 원 정도 했고 상태가 좋아
보이긴 했다. 그리고 명품 가방들은 대략 60만 원
을 훌쩍 넘기는 게 보통이었다. 나는 구경을 다니다
가 딸에게 카톡으로 사진을 보내서 물어보고 거리
초입에 있던 잡화점에서 나무 도시락을 하나 샀다.

도쿄와 서울은 시차가 없고 와이파이 도시락을 들고 다녀서 어디서든 데이터 걱정 없이 서울에 여행 소식도 전할 수 있었고 길을 잃으면 구글맵을 켰다. 그래서인지 여행이 참 즐거웠다. 세상이 많이 달라졌다는 생각도 자주 했다.

서울에 돌아온 후 북클럽 책을 선정하느라 인터넷 검색을 하다가 요시모토 바나나의 <시모키타자와에 대하여>라는 책을 보았다. 지금은 시모키타자와 토박이가 된 요시모토 바나나가 자유로운 분위기의 동네 시모키타자와에 사는 다양한 인물들의 삶을 담은 소설이라고 한다. 나의 도쿄 에세이가 마무리되어갈 즈음 한번 읽어봐야겠다. 잠깐 겉모습만 보았던 그곳에서 사는 사람들의 이야기가 문득 궁금해진다.

● 반짝반짝 빛나는 도시의 야경
- 신주쿠 워싱턴 호텔 맨해튼 테이블

　　6시 지하철을 타고 시모키타자와에서 다시 신주쿠역으로 돌아왔다. 시간 여유가 있어서 도쿄도청사 전망대에 올랐다가 거기에서 저녁을 먹어도 괜찮을 것 같았고, 아니면 신주쿠 시내로 나와 밤거리도 구경하고 오뎅 바에도 가고 싶었다. 아침에 호텔에서 신주쿠 역까지는 길을 따라 죽 걸어오기만 했으니 역에 내려서 표지판만 잘 보고 따라가면 되려니 생각하고 <신주쿠 워싱턴 호텔> 방향 표시를 잘 확인하며 계속 걸었다. 내가 봤던 표지판에서 신주쿠 워싱턴 호텔은 G 구역으로 가라고 표시가 되어 있었던 것 같다. 그리고 G와 U 구역이 계속 같은 방향으로 표시되어 있었다. 그런데 어느 지점에 오니 G 표시가 사라졌다. 그리고 U 표시만 되어 있길래 그렇다면 같은 방향이 아닐까? 생각하고 따라 걸었다. 그런데 가도 가도 G가 나오지 않길래 일단 밖으로 나갔다. 지도를 켜고 워싱턴 호텔이 보이는 방향으로 걷다 보니 빨간 불빛이 반짝반짝 빛나는 <가부키초> 입구가 보였다. 아... 여기가 그 유명한 가부키초구나! 그렇지만 도쿄 도청사부터 일단 들르고 다시 오는 게 좋지 않을까 생각하면서 걷다가 길을 잃은 기분이 들었다.

　　지금 생각해 보면 이때도 지도를 믿고 도쿄도청사를 찾아가면 되었을 텐데 점점 어두워지고 있었고 내가 가는 방향이 인적이 드물어지고 있었기 때문인지 순간 평정심을 잃었던 것 같다. 그래도 다행히 오가는 사람들이 조금은 있어서 용기 내어 또 말을 걸었다.

"Excuse me"

이번에는 젊은 남녀 셋이었는데 역시나 친절하게 길을 안내해 주면서 핸드폰으로 지도 앱을 켜서는 경로를 보여주었다. 그렇다! 서울에서는 모르는 곳을 갈 때면 항상 네이버 지도로 <경로>를 켜서 어디든 찾아다녔었는데 구글맵에도 그런 기능이 있을 거라는 생각을 왜 못하고 있었을까? 당황하고 잠시 바보가 되었던 나는 친절했던 일본인의 핸드폰 속 맵 경로를 잘 보고 설명을 잘 듣고 호텔까지 무사히 찾아왔지만 전망대 마감시간 10분 전에 도착했다.

포기하고 룸으로 올라와 침대에 누워 다시 가부키초에 가보려던 마음 같은 건 새까맣게 잊고 도쿄의 야경을 보지 못했던 것도 속상하고 길을 잃고 바보가 되었던 것도 속상해서 녹다운이 되어 일단 한숨을 돌리려고 목욕부터 했다. 그러면서 곰곰 생각해 보니 <신주쿠 워싱턴 호텔>은 24층 레스토랑 맨해튼 테이블이 전망을 보면서 조식 뷔페를 이용할 수 있는 걸로 유명하던데 그렇다면 밤에는 레스토랑을 바로도 운영하지 않을까? 싶은 마음이 들었다. 낮에 다니면서 잘 먹고 다녀서인지 배가 고프진 않았지만, 간단한 안주와 와인 한 잔을 마시면 그럭저럭 기분전환도 되고 도청사에서 놓친 야경도 볼 수 있을 것 같았다. 주섬주섬 옷을 챙겨 입고 엘리베이터에 오르니 24층 레스토랑이 밤에도 영업을 하는 것 같은 안내판이 있었다. 그런데 'Only Reservation'이라고 표시가 되어 있어서 일단 24층 버튼을 누르고 올라갔다.

레스토랑 프런트의 직원에게
"Excuse me. Can't l use this restaurant?"

자신 없는 말투로 물어보니 유해 보이는 직원이 빙그레 웃으며 혹시 혼자 이용하는 거라면 괜찮다고 했다. 고맙다고 말하고 따라가니 전망이 보이는 창가 자리 안쪽 테이블에 자리를 안내해 주었다. 그래서 창가 자리에 앉고 싶다고 했더니 그 자리는 fee가 있다고 했다. fee는 500엔. 5천 원으로 뷰를 만끽할 수 있다면 why not! 나는 좋다고 했다. 가져다준 메뉴판을 보고 SAKURA mousse cake와 화이트 와인 Entre-Deux-Mers 한 잔을 주문했다. 케이크는 1,200엔 와인은 1,000엔 자리 fee는 500엔이었는데 투숙객 할인을 받아서 3만 원이 안 되는 금액으로 여행 첫날의 고단함이 사르르 녹았다. 가부키초에 들르지 못했던 것도 도쿄도청사의 무료 전망대에 오르지 못했던 것도 다 잊었다. 지금까지 여행 다니면서 호텔 바를 이용해 볼 생각은 미처 못 했었는데 항상 가족과 함께여서 숙소에 돌아오면 그럴 생각을 할 겨를 없이 수다를 떨다가 밤이 저물어 갔던 것 같다. 그건 그거대로 괜찮았었지만 이렇게 혼자 내 생각만 하고 있으니 좋았다. 진한 치즈케이크 한 조각과 깔끔한 화이트 와인을 입에 담고 있다 보니 반짝반짝 빛나는 도시의 불빛이 알알이 마음으로 내려와 앉았다.

DAY 2

둘째 날 아침이 밝았다. 전날 24층 바에서 아름다운 야경을 보면서 기분 좋게 첫날을 마무리 한 덕인지 아침부터 자신감이 솟아났다. 6시에 눈이 떠져서 아침기도를 마치고 조식 오픈 시간을 기다리다 45분에 맞춰서 올라갔다. 이미 자리가 거의 다 차가고 있었는데 나는 웨이팅은 거의 하지 않고 직원이 안내해 주는 대로 가니 창가 자리는 이미 다 차서 안쪽에 뷰가 없는 자리에서 아침 식사를 했다. 내일은 조금 일찍 서둘러서 나와 오픈 런을 해야겠다고 생각했는데 내가 식사를 마쳐갈 즈음 밤에 전망 Fee를 받던 창가 자리가 비었다. 사진이라도 잠시 찍어볼까 하고 가서 서성거렸더니 직원이 혹시 자리를 옮기고 싶냐고 물어보았다. 그렇다고 했더니 흔쾌히 옮기게 해주어서 식사는 안쪽 자리에서 했지만 디저트는 창가 자리에서 여유 있게 먹었다.

블로그나 책에서는 도쿄의 먹거리로 신주쿠 가부키초의 이자카야나 오뎅 바, 쓰케멘과 라멘 맛집들을 많이 소개해 주었는데 나는 술을 그렇게 즐기지도 않거니와 혼자 선술집에 앉아 있기가 왠지 어색할 것 같아서 그보다는 도심이 내려다보이는 레스토랑에서 꼭 한 끼는 먹어야겠다고 생각하고 있었다. 그래서 전망 좋은 레스토랑도 검색해 보고 도쿄도청사 전망대 스낵 코너도 간단하게 식사하기 괜찮다고 해서 마음속에 저장하고 있었다. 그렇지만 호텔에서 밤 전망과 오전 전망을 다 경험할 수 있게 되어 무척 좋았다. 디저트를 먹으며 내려다보니 고층 빌딩 숲 왼편 뒤쪽으로 초록 숲이 넓게 펼쳐져 있어서 빽빽한 회색 빌딩 숲과 녹지가 조화롭게 어우러져 보였다.

둘째 날은 일단 나카메구로에 가서 벚꽃을 보고 점심을 먹은 후 신주쿠로 돌아오는 길에 시부야에 잠시 들르고 오후에 신주쿠 교엔에 가서 <도쿄 사는 웅이>처럼 자리를 깔고 쉬면서 간단한 샌드위치 정도를 간식으로 먹고 밤에는 신주쿠 시내를 구경하려고 했었는데 아침을 먹으면서 계획을 수정하게 됐다. 교엔의 오픈 시간이 9시~ 4시 30분이라 여차하면 공원 문 닫는 시간에 못 맞출 수도 있을 것 같았기 때문이다. 지도를 보니 신주쿠 교엔이 숙소에서 걸어서도 갈수 있을 것 같아서 일단 먼저 들르고 그다음은 나카메구로 그리고 시간을 봐서 가고 싶었던 곳들을 지하철을 타고 돌다가 저녁에 신주쿠로 돌아오기로 했다. 그리고 부슬부슬 비가 오고 있어서 챙겨온 우산이 있긴 했지만 숙소에서 신주쿠역으로 가다 발견한 다이소에 들러 우비도 하나 사기로 했다.

예정한 대로 다이소에서 편의점 우비보다는 탄탄해 보이는 우비를 하나 사고 이번에는 저녁에 올 때 숙소로 잘 찾아갈 수 있도록 갈림길이 나올 때마다 사진을 찍으면서 노트 펜으로 사진에 가는 방향을 표시하면서 갔다. 그런데 어디에서부터 길을 잃은 것인지 교엔까지 걸어가려고 했었던 마음 같은 건 까맣게 잊고 같은 장소를 뱅글뱅글 돌고 있었다. 사실 지금 생각해 보면 그때도 밖으로 나가서 구글맵을 켰으면 그럭저럭 교엔을 찾아갈 수 있었을 것이다. 하지만 나는 옛날 사람인데다 길을 잃고 당황까지 해서 지도를 켤 생각보다는 물어볼 생각을 먼저 하고는 같은 장소를 두 바퀴 돌다가 가게 오픈을 하고 있는 직원에게 신주쿠 교엔으로 가는 길을 물었다. 매대를 차리고 있던 직원은 나의 질문에 심각한 표정을 짓더니 나를 안내 지도가 있는 곳까지 손수 데리고 가서 이렇게 저렇게 가면 된다고 알려주었다. 걸어가도 되지만 지하철을 타는 게 쉽다고 알려주기도 했다. 친절하게 알려주기만 해도 고마웠을 텐데 자기가 하던 일을 멈추고 지도가 있는 곳까지 데리고 가서 설명을 해주다니! 도쿄 사람들은 참 친절하다 싶었다. <심야 식당>이나 신카이 마코토의 애니메이션에 나오는 주인공들처럼 말이다.

　그분의 안내대로 지하철을 타러 가서 역무원에게 한 번 더 확인을 받고 신주쿠교엔마에역으로 가는 지하철을 탔다. 지하철 안에서 도쿄 지하철 표를 확인해 보니 나카메구로로 가는 지하철도 신주쿠교엔마에 전 역인 신주쿠산초메역에서 탈수 있었고, 거기에서 한 번에 신코엔지역도 갈수 있었다. 혹시라도 시간이 남으면 가고 싶었던 코엔지에도 갈수 있겠다고 생각하며 신주쿠교엔마에역에서 내렸다. 역에서 나와 구글맵을 열고 경로를 켜니 신주쿠 교엔까지 3분이면 도착하는 경로가 안내되었다. 그리고 그때부터 구글 맵과 함께하는 도쿄 여행이 시작되었다.

신주쿠 교엔은 메이지 시대의 대표적인 근대 서양 정원으로 원래는 왕실의 정원이었으나 전쟁 후 국민에게 공개되었고 일본에 몇 안 되는 풍경 정원으로 손꼽힌다고 한다. 그래서인지 특별하게 여겨질 정도로 아름다운 풍경이 입구에서 조금만 걸어가도 펼쳐지기 시작했다. 왕실의 정원이었다는 것은 몰랐고 벚꽃이 피는 시즌에 맞춰서 도쿄에 가게 되어 벚꽃 명소를 찾아보다가 숙소에서 가기 좋은 위치여서 선택한 곳이었는데 너무 아름다워서 공원에 있는 동안 분위기에 푹 빠져 버렸다.

공원 곳곳에서 보이는 도코모 요요기 빌딩의 시계탑과 아름다운 정원의 나무들이 만들어 내는 경치가 조화롭게 어우러져 기품이 느껴졌다. 입장권을 끊고 들어올 땐 내가 혹시 할인권 같은 걸 호텔 로비에서 챙길 수 있었던 건 아닐까 잠시 책망했지만 금세 입장권이 하나도 아깝지 않게 여겨졌다. 부슬부슬 조금씩 비가 내렸는데 우비만으로 다닐 수 있을 정도였다. 어쩌면 그래서 더 운치가 있었던 걸지도 모르겠다.

　신주쿠 교엔을 일정에 넣을 때는 애니메이션 <언어의 정원>에 나왔던 정자를 한번 찾아가 보고 싶었지만 막상 그 정자는 찾기도 어려울 것 같기도 했고 굳이 바로 그 정자를 찾지 않아도 공원 내에 정자가 많았고 모두 아름다운 위치에 있어서 지나가며 보기만 해도 충분히 좋았다. 조금 돌아다니다 보니 벚나무 가지가 연못의 수면 위로 드리워진 곳이 있었는데 그곳에서 사진도 많이 찍었다. 벤치에 앉아 연못을 바라보며 편의점 녹차를 마시면서 쉬다가 다시 천천히 산책했다. 날씨가 좋았다면 도시락이라도 사서 <도쿄 사는 웅이>처럼 피크닉을 했으면 좋았을 것 같기도 했지만... 벤치에 앉아 멍하니 벚꽃과 아름드리나무들과 사람들을 보는 것만으로도 힘이 충전되는 것 같아서 아침에 신주쿠 역에서 헤맸던 기억 따위는 다 지워지고 행복한 기분에 젖어들었다.

여행을 다녀온 후 한참 지나 친정집에서 지난 앨범들을 보다가 엄마 아빠가 젊은 시절에 신주쿠 교엔 입구에서 찍은 사진을 발견했다. 아빠가 일본에 계실 때 엄마가 자주 가셨었는데 그때 도쿄 여행도 하시고 신주쿠 교엔도 다녀오셨다고 했다. 역시 도쿄에 간다면 한번 방문하는 게 좋은 곳이라는 생각이 들면서 반가운 마음에 흐뭇해졌다.

호텔에서 조식을 든든하게 먹어서인지 신주쿠 교엔에서 꽤 오래 산책을 했는데도 배가 고프진 않았다. 유튜브에 다음 일정인 나카메구로에 괜찮은 음식점이 많이 소개되어 있어서 점심은 거기서 먹기로 하고 교엔 휴게소에서 다시 한번 지하철 표를 확인했다. 지하철 노선표는 확인했지만 갈아타는 법을 몰랐다. 하지만 친절했던 역무원들을 떠올리니 걱정이 되지 않았다. 그리고 역시나 신주쿠산초메 역에서도 역무원의 도움을 받아 무사히 지하철을 갈아탔다.

벚꽃 명소답게 12시 조금 넘어 도착한 나카메구로에 사람들이 북적거리기 시작했다. 지하철 안에서 꽃이 보였던 방향. 사람들이 많이 가는 쪽으로 따라가니 메구로 강 주변 벚꽃이 보이기 시작했다. 신주쿠 교엔도 좋았지만 나카메구로 벚꽃도 참 좋았다. 강을 따라 끝이 안 보이게 이어지는 벚꽃길은 마침 만개하고 있어서 탄성을 자아냈다. 강물이 흐르는 방향과 교차되는 방향으로 위쪽에 있는 선로에서 지하철이 들고나며 벚꽃과 어우러지는 장면은 계속 카메라를 들게 만들었다. 벚꽃이 피는 시기에 도쿄에 오길 정말 잘했다며 행복한 기분을 만끽했다.

사람들이 많이 모이는 벚꽃 명소다 보니 교차로마다 경찰들이 배치되어 있었고 복장 때문에 눈에 띄었다. 지하철에서 벚꽃길 쪽으로 향하는 횡단보도에서도 강 위에 차가 드나드는 다리 위에서도 혼잡한 곳에는 경찰의 무리가 사람들을 통제하고 안내하고 있었다. 오후가 될수록 사람들이 더 많아졌고 그들도 바빠졌다. 그 모습을 바라보다 보니 어쩔 수 없이 이태원 참사가 떠올라서 마음 한구석이 씁쓸해졌다.

나는 더 멀리까지 가지는 않았고 지하철과 가까운 쪽으로만 직선으로 왕복하면서 셀카도 찍고 다리 위로 열차가 오가는 모습을 구경하다가 아직도 배가 그렇게 고프지는 않아서 <오니버스 커피>나 찾아가 볼까 싶어졌다. 나카메구로 <오니버스 커피>는 벚꽃과 기차 멍을 할 수 있는 카페로 유명했다. 이번 여행은 맛집을 찾아다니면서 줄을 서면서 시간 낭비를 하지는 않겠다고 마음먹었었지만 아직 이른 평일 오전이기도 했고 신주쿠 교엔과 나카메구로의 벚꽃 풍광이 마음을 조금 흥분시켰던 것 같다.

　구글 맵을 켜고 <오니버스 커피>를 치니 5분 거리에 있었다. 가깝다고 생각하니 더 가보고 싶어졌다. 경로를 누르고 따라가니 헤매지 않고 어느새 도착했다. 다행히 아직 사람들이 줄 서 있지는 않아서 입구에서 <오늘의 커피>를 주문해서 2층으로 올라갔다. 그리고 안쪽 자리까지 비어 있어서 일단 창이 보이는 자리에 앉았다. 소문대로 창문으로 열차가 들고나는 모습이 벚꽃과 예쁘게 어우러져서 멍하니 바라보다 마침 창가 테이블에 한 좌석이 비어서 바로 자리를 옮겼다. 유명세로 자리 잡기 힘들다는 <오니버스 커피>에서 웨이팅도 없이 커피를 받았는데 창가 자리까지 앉을 수 있게 되다니! 찾아오길 참 잘했다 싶으면서 기분이 무척 좋아졌다.

자그마한 카페 안에서는 간간이 한국말이 들려왔다. 창가 자리에 앉아 동영상도 찍고 커피 테이블 사진도 찍으면서 커피를 다 마시고 천천히 일어섰다. 나올 때 보니 야외 테이블에 자리가 꽉 차있었고 입구에는 안쪽 좌석이 비길 기다리며 줄 서있는 손님들이 보였다. 다시 강변으로 가서 산책을 한 바퀴 더하고 이제 지하철도 오늘의 운에도 자신이 붙어서 코엔지에도 가보기로 했다. 네이버 블로그를 찾아보니 신코엔지 역에서 코엔지 역까지 충분히 걸어갈 수 있고 가는 길에 코엔지 상점가가 연결이 되어 있다고 했다. 그리고 신코엔지에서 신주쿠까지도 한 번에 돌아올 수 있었다. 그럼 코엔지에 가서 점심을 먹어야지...

동경에 오기 전까지는 지하철 노선도를 인터넷으로 다운로드하면서 표에 나와있는 모든 노선이 지하철인 줄 알았다. 그래서 클룩 사이트에서 공항 리무진 예약을 하면서 지하철 24시간, 48시간 권이 있길래 같이 예매를 했었다. 그런데 막상 지하철을 사용해 보니 어느 노선은 도착하면 추가 요금을 내라고 했고, 어느 노선에서는 표를 끊어야 한다고 해서 하라는 대로 하다 보니 노선표에 M. B. F. E 하는 약자가 있다는 걸 눈치챘다. M이 마루노우치 선 두 번째 날 내가 타고 다니던 노선이고 C가 치요다 선 전날 요요기 코엔과 시모키타자와를 갈 때 탔던 노선이다. 내가 가려고 하는 역이 어느 노선인지 확인하고 역사 안에서도 그 노선의 약자를 따라가면 내가 타는 승강장이 나온다.

코엔지도 유튜브에서 봤을 때는 신주쿠 역에서 JR을 타고 코엔지 역에 내리면 북쪽 출구와 남쪽 출구의 상점이 있다고 했었는데, 마루노우치 선에 신코엔지 역이 있었다. 이런 경우는 걸어갈만한 위치이니 지하철 패스를 끊었으면 마루노우치 선을 타고 신코엔지역에 내려서 거리 구경을 하면서 원하는 장소까지 가면 된다. 요요기 공원도 요요기 코엔역이 가깝지만 요요기 역에서 20분 정도 걸어가면 됐었다. 그러므로 도쿄 여행 일정을 짤 때 지하철을 이용한다면 내가 가고자 하는 곳의 정거장을 잘 확인해 보면 교통비를 절약할 수 있다. 물론 동선을 짤 때 지하철 같은 라인으로 반나절이나 하루 코스를 짜는 것도 좋은 방법이다. 일본의 주택가나 상점 거리를 구경하며 걸어가는 것도 꽤 재미가 있어서 괜찮은 추억이 되었다.

　　신코엔지 역사에서 나와 구글맵을 켜고 가니 주택가를 조금 걷다가 구제 상점가 골목이 바로 나왔다. 블로그에서 코엔지는 동묘 분위기이고 시모키타자와는 젊음의 거리 분위기라고 했는데, 코엔지 골목이 조용하고 정갈한 분위기여서 나는 더 좋았다. 조금 더 걸어가니 코엔지역 남쪽 출구에 있다는 파루 상점가가 보였다. 유튜브 브이로그에서 보았던 상점가 지붕이 보였다. 여기도 마찬가지로 구제 샵들이 있었다. 천천히 구경하며 가니 스시집에서 3월 한 달 동안 레몬 사와와 하이볼 472엔을 236엔으로, 스시 5pcs 한 접시 1,070엔을 973엔으로 행사를 하고 있었다. 스시 5pcs 모두 내가 좋아하는 구성이어서 일단 들어갔다. 메뉴판을 보고 손가락으로 가리키면서 주문했는데 레몬 사와가 먹고 싶었지만 하이볼로 잘못 주문해서 먹게 됐다. 다행히 하이볼이 맛이 좋았다. 스시 한 접시를 다 먹고 연어 2pcs 291엔도 추가해서 먹었다. 맛도 괜찮았고 가격도 좋았다.

기분 좋게 점심을 먹고 나와서 조금 더 상점가 안쪽으로 들어갔다. 나중에 돌아가는 길을 잃어서는 안되니 직진으로만 다니면서 구경을 했다. 마트처럼 보이는 잡화점에 들어가서 버블 바스를 사고 구경을 다니다가 인도 제품이 많이 있는 숍에서 인센스와 요가 바지 두 개도 구입했다. 앤티크 숍이 보이면 예쁜 소품이나 접시 같은 것도 사고 싶었는데 아쉽게도 발견하지 못했다. 길을 잃을까 봐 직선으로만 다녀서 그랬던 것 같다. 그래도 여행 중에 쇼핑을 많이 하지 않았지만 내가 산 물건들은 거의 코엔지에서 구입한 것들이다. 구경 다니다 보니 어느새 시간도 흘렀고 입간판에 쿠시아게와 레몬사와 그림이 그려져 있는 집이 보였다. 점심에 먹은 스시가 양이 많진 않아서 조금 출출한 기분도 들었고 동경에 가면 맛집은 찾아다니지는 않을 거지만 오뎅과 레몬 사와는 꼭 먹으려고 했는데 마침 레몬 사와가 보여서 꼬치 두 개 정도랑 같이 먹어볼까? 하고 들어갔다.

　자리에 앉아 직원이 가져다주는 메뉴판에서 쿠시아게를 가리키며 물어보았다.
"Can I order each?"
"Sorry... I don't know."
난감한 표정이길래
"Can I see english menu?"
했더니 큐얼을 보여주며 "english menu."라고 해서 핸드폰을 가져다 대보니 영어 메뉴판이 나왔다. 하지만 세세한 메뉴는 없었고 꼬치 10개가 담겨있는 세트 구성만 사진으로 보였다. 할 수 없이 쿠시아게 한 접시와 레몬 사와를 주문했다.

갓 튀긴 쿠시아게는 맛이 괜찮았지만 레몬 사와
는 생각보다 맛있진 않았다. 스시집에서 먹었던 하
이볼이 더 괜찮았던 것 같다. '레몬 사와는 기대만
큼은 아니구나' 생각하면서 아침부터 많이 걸어 다
니기도 했고 스시집에서 이미 전작이 있었던 터라
조금 술이 오르는 기분이 들었다. 배도 부르고 해서
직원에게 남은 건 테이크아웃 할 수 있냐고 물었더
니 너무 좋아하면서 "o.k. o.k! good! good!" 하
면서 엄지 척을 해주면서 웃었다. 아마도 본인들도
내가 주문을 원하는 대로 못했다고 눈치를 챘던 모
양이다. 남은 튀김은 저녁에 숙소에서 먹던가 내일
비행기 타기 전에 점심 식사 시간이 애매할 것 같아
서 공항에서 먹거나 해야지 했는데 공항에서 편의점
주먹밥, 녹차와 함께 잘 먹었다.

못 들를 것 같았던 코엔지에 들르고 맛있는 점심
도 먹고 쇼핑까지 알차게 하고 나니 시부야와 신주
쿠도 거리 산책만 할 게 아니라 3D 고양이와 아키
타견도 챙겨보고 시간 맞춰서 도쿄도청 전망대까지
가보기로 했다. 시부야와 신주쿠는 가까워서 다 할
수 있을 것 같았다. 각역의 3D 전광판을 볼 수 있는
지하철 입구를 확인하고 신코엔지 역으로 가다가

과자와 차 같은 먹거리를 파는 잡화점에서 유리 티포트와 녹차도 샀다. 속이 투명하게 보이는 찻주전자를 계속 사고 싶었는데 마침 내가 딱 원하던 스타일의 티포트가 세일하고 있었다.

동경에 다녀온 후로 매일 아침 녹차를 우려 마신다. 맛이 좋아서 녹차를 몇 개 더 사 올 걸 그랬나 싶은 마음이 많이 든다. 녹차를 살 때는 그동안 맛있는 녹차를 만났던 적이 별로 없어서 크게 기대는 안 하고 찻주전자를 사면서 덤으로 산 거였지만 고소하고 쌉싸름한 맛의 조화가 참 좋은 녹차였다. 혹시 서울에서 구입할 수 있을까 싶어서 구글 카메라로 포장의 이미지를 번역해 보니 시즈오카 녹차였다. 우리나라에서 사려면 3~4만 원이나 줘야 해서 이 제품을 다 먹고 다시 여행을 가게 되면 그때 넉넉하게 사 오기로 마음먹었다.

● 아키타 견은 어디로?
- 시부야

　시부야와 코엔지는 시간이 되면 들르려고 예비 후보지로 두었었다. 시부야는 서울 홍대와 비슷하다고 했는데 숙소가 신주쿠에 있다 보니 아무래도 신주쿠는 많이 볼 수 있을 것 같아서 비슷한 분위기일 것 같은 시부야는 빼도 괜찮을 것 같았다. 그리고 코엔지는 마침 첫날 발견한 루트로 시모키타자와를 다녀오게 되어서 구제 거리를 굳이 두 군데나 가지는 않아도 될 것 같았다.

　하지만 코엔지와 시모키타자와는 분위기도 많이 달랐고 코엔지에서 알뜰 쇼핑도 하고 식사도 잘해서 안 갔다면 많이 섭섭했을 것 같다. 신코엔지역에서 내려 구글맵을 켜고 걸어갔던 길도 참 좋았다. 주택가를 걷다가 구제 쇼핑거리에 다다르고 JR 코엔지역을 지나 유튜브에서 보았던 파루 상점가에 도착했던 여정이 신기하고 즐거웠다. 코엔지는 요즘 관심받고 있는 동네라고는 하지만 관광지가 아닌 조용하고 고즈넉한 도쿄의 작은 동네의 일상을 둘러보는 기분이 꽤 괜찮았다.

도쿄에 다녀온 이후로 명동이나 남대문 동대문 시장 근처 골목에서 전혀 당황한 기색이 없는 금발의 외국인들을 자주 마주쳤는데 그들도 아마 구글맵으로 낯선 도시를 여행하는 이들이 아니었을까 싶다. 요즘은 시내버스에서도 외국인이 옆자리에 앉는 경우가 종종 있다. 한 번은 경복궁역에서 커플 점퍼를 입은 서양인 중년부부가 둘이 의논하는 분위기로 버스에 오르고는 내 옆자리에 앉게 되었다. 내리기 전까지 핸드폰으로 게임을 하다가 종묘에서 내렸는데 서울 사람들보다 종묘를 더 잘 찾아가는 것처럼 보였다. 세상이 참 많이 달라졌고 여행의 트렌드도 바뀌어가고 있는 것 같다. 나는 아날로그와 디지털 시대를 다 겪으며 지나온 X세대이지만 지금도 세상은 진화하고 있고 아마도 뒤에 또 다른 새로운 시대가 와서 왕년에 디지털 시대를 겪었노라고 말하는 날도 올 터이다. 과연 어떤 시대가 올까? 3D 화면으로 미지의 도시를 가상체험해 보고 여행지를 선택하게 되는 날이 오게 될까?

　여하튼 나는 시부야의 아키타 견과 스크램블 교차로를 보러 지하철을 타고 코엔지에서 시부야로 갔다. 아키타 견은 스크램블 교차로에 가면 볼 수 있다고 해서 시부야 역에서 내려 스크램블 교차로 쪽으로 갔다. 전광판은 많이 보였지만 3D 강아지는 안 보였는데 잘 모르겠어서 일단 교차로 건너에 보이는 스타벅스로 갔다. 2층에서 뭐든 잘 보이지 않을까 싶어서 그랬는데 이곳은 스크램블 교차로 조망 명소였다. 통창으로 바로 내려다보여서 외국인 관광객들이 창가 자리를 꽉 채우고 있었다. 나는 좌석 사이 통로에 서서 교차로를 내려다보다 사진을 조금 찍고 내려와서, 아키타견은 포기하고 시부야 쇼핑 거리를 걸었다. 잡화점에 들어가서 <water front> 우산을 몇 개 사고 조금 걷다가 <마약 포차>라고 쓰인 한국 간판을 보고 반가워서 한 장 찍고 또 걷다가 더 늦기 전에 신주쿠로 향했다. 나중에 찾아보니 시부야 역의 아키타 견은 매 정시에 시부야역 주변 빌딩 8군데의 디지털 화면 위로 뛰어다닌다고 한다. 다음에 가게 되면 시간 맞춰서 보고 와야겠다.

시부야는 거리에 듬성듬성 아기자기한 숍들이 있어서 신주쿠와는 조금 다른 분위기가 느껴졌다. 일본에 가면 우산은 꼭 사 오게 되는데 이번에 사 온 우산도 가볍고 튼튼한 데다 가격도 좋아서 마음에 든다. 2박 3일 짧은 일정이고 첫 자유여행이라 도쿄의 한쪽만 보고 온 것 같은 아쉬움이 있지만 이런 여행도 나쁘지만은 않은 것 같다. 나중에 딸과 혹은 남편과 둘이 가게 되면 고즈넉한 일본 감성을 느낄 수 있다는 오쿠 시부야와 혼자 가기는 왠지 머쓱했던 논베이 요코초 골목에도 가봐야겠다.

● <심야 식당> 그 거리
- 신주쿠

　시부야의 아키타 견은 못 봤지만 집착하지 않고 신주쿠로 향했다. 신주쿠에서 삼색 고양이를 보면 되니까... 우리 집 마당 냥이 미요처럼 생긴 삼색 고양이. 블로그 동영상에서 3D로 움직이던 고양이를 직접 보면 어떨지 궁금했다. 지하철 안에서 블로그를 확인해 보니 삼색 고양이를 보려면 동쪽 출구로 나가야 된다고 했다. 고양이의 정식 명칭도 '신주쿠 동쪽 출구 고양이'라고 한다. 전날 저녁과 아침에 헤맸던 덕분인지 동쪽 출구는 금방 찾았다. 출구로 나가니 사람들이 꽤 많이 있었는데, 고양이를 보려는 사람들 인지 아니면 신주쿠역이 원래 이렇게 사람들이 많은 건지 잘 모르겠다 싶어 하면서 아직 고양이가 나오지 않는 입체 전광판의 광고 같은 걸 보고 있었다. 시부야 역에서도 전광판이 많았지만 아키타 견을 보지 못했던 탓에 의심이 반쯤 차오를 때

쯤 고양이가 짠! 하고 나타났다. 정말 전광판에서 튀어나올 것처럼 생생해서 동영상을 찍으면서 한참 동안 서서 봤다. 신주쿠역 고양이는 시부야의 아키타 견처럼 어느 시간대에만 나오는 건 아닌 모양이다.

고양이도 보고 기분이 좋아져서 도쿄도청 전망대 마감 시간이 8시인 걸 확인하고 여기도 도전하기로 하고 그전까지 신주쿠의 밤거리를 구경 하기로 했다. 어제저녁에 헤매다가 우연히 보게 된 가부키초 쪽으로 걸어갔다. 옥상에서 고질라가 튀어나올 것 같은 건물도 보고 골목을 돌아 나와 계속 걷다가 열차가 지나가는 모습이 보이는 거리에서 사진도 찍고, 조금 위쪽에서 반짝이는 거리를 내려다보고 싶어서 맥도날드 5층으로 올라갔다. 뷰는 좋았지만 만석이어서 그냥 밖으로 나와 거리에서 둘러보니 2층 창가 좌석이 보이는 도토루가 보여 들어가서 오렌지주스를 시키고 2층으로 올라갔다. 창가에 딱 한자리가 남아 있었다. 착석하고 주스를 한 모금 마시고 멍하니 창을 내려다보며 교차로에 오가는 사람들과 화려한 네온사인들을 바라보고 있자니 피로가 조금 풀리는 것 같았다.

    여행을 마치고 집에서 넷플릭스로 우연히 <심야
식당>을 보다가 드라마 시작할 때 배경음악과 함
께 나오는 밤 도시의 거리가 바로 내가 길을 잃을까
두려워 앞뒤로 직진으로만 걸어 다녔던 신주쿠 거
리라는 걸 알아차렸다. 열차가 다니는 굴다리 아래
에서 가부키초 이치방가이로 가는 거리와 교차로의
횡단보도... 여행 가기 전에는 무심히 보았던 <심야
식당>의 오프닝 장면이 이제는 내가 알아볼 수 있
는 거리. 내가 이틀을 연속해서 걸어 다녔던 거리라
는 생각이 드니 무척 반가웠다. 그러고 보니 <심야
식당>의 배경이 가부키초라고 했다. 사실 여행 첫
날 신주쿠역에서 길을 잃었을 때도 가부키초를 발
견하고 일정을 바꿔서 그 거리를 구경 다녀도 괜찮
겠다는 생각이 들었었지만 술집이 모여 있는 골목이
라고 생각하니 선뜻 내키지 않았었다. 동료가 있는
게 아니었기 때문이었다. 하지만 둘째 날이 되고 이
제는 신주쿠 역의 출구는 아직 익숙하진 않아도 역
밖의 거리는 어느 정도 어디가 어딘지 가늠이 되어
가부키초를 구경 다니다가 마음에 들어오는 오뎅
바가 있으면 한번 들어가 보려고 <도토로>에서 나
왔다.

빨간 전구가 반짝반짝 빛나는 가부키초 이치방 가이로 들어서니 사람들이 북적거리는 명동 거리와 다를 바가 없어 보였다. 어제의 나는 왜 그렇게 움츠러들었을까? 낯선 도시였고 처음 하는 혼자 여행이었고 밤이 되어가고 있었고... 하지만 어제는 이 거리를 여행하는 것 못지않은 행운을 누릴 수도 있었지. 이런 생각을 하며 걷다가 입구에서부터 맛있는 오뎅이 느껴지는 오뎅 바를 발견하고 싶었지만 그러지는 못했다. 두리번거리고 있는데 누군가 어깨가 살짝 부딪혔는지 "스미마셍" 하면서 어색한 발음으로 웃으며 인사를 하며 지나갔다. '아... 억양이 왠지 한국 사람 같은데... 그리고 왠지 개그맨 정형돈같이 생겼는데...' 하지만 다시 달려가서 "Excuse me!"라고 말을 건네기는 왠지 부끄러워서 그냥 돌아서면서 계속 생각이 났다. '아... 아무래도 정형돈 씨 맞았던 거 같은데...' 다음에 이런 일이 생기면 꼭 다시 가서 확인을 하고 맞으면 인증샷도 찍고 노트 펜으로 사진에 사인도 받아야지... 외국의 낯선 도시에서 우연히 K-연예인을 만나 사인을 받는 것은 흔치 않은 일일 테니.

　　가부키초에 가게들은 많았지만 들어가고 싶은

곳은 안 보여서 거리만 조금 구경하다가 도쿄 도청사 쪽으로 발걸음을 옮겼다. 지금 가면 마감시간 전에 도착할 수 있을 것 같았다. 어제 신주쿠에서 호텔까지 걸어갔던 길도 생각이 났고, 도쿄 도청사는 내가 묵었던 호텔에서 도보로 5분이라고 했다. 그리고 나는 이제 구글 맵의 익숙한 유저가 되어 있었고 블로그에서 보기를 전망대 안에 숍이 있어서 음료나 스낵을 전망을 보면서 먹을 수 있다고 했다. 반짝반짝 빛나는 신주쿠 거리를 걸어 걸어 도쿄 도청사에 가고 야경도 보고 간단하게 요기를 해야지.

요즘 도쿄 여행은 시부야 스카이 전망대를 예약하고 가는 게 대세인 것 같았다. 새로운 명소로 떠오르고 있는데 사진이 예쁘게 나오고 옥상에 올라가면 뷰가 정말 예쁘다고 한다. 하지만 일정도 짧은데 야경을 굳이 돈까지 내면서 봐야 할까? 싶었다. 그런데 도쿄 도청사에 전망대가 있고 시민을 위해 무료로 개방하는데 내가 묵은 호텔에서는 도보로도 이동이 가능하다니 '이거다!' 싶었다.

전날 신주쿠에서 많이 헤맨 덕분에 마음에 여유를 가지고 구글 맵을 켜고 신주쿠에서 도쿄도청사까지 무사히 도착했다. 마감시간 30분 전쯤이었는데 웨이팅 줄이 길진 않아서 조금 기다리다 들어갔다. 호텔 24층 레스토랑에서 보았던 야경보다 시선이 조금 위쪽에 있어서 더 짜릿한 기분이 들었다고 할까? 여하튼 좋았다. 도청사 전망대에 오르지 않았다면 몰랐겠지만 이렇게 보고 나니 안 왔으면 섭섭했겠다는 생각이 들었다.

전망대에는 서양 사람들도 많았는데 아름답게 빛나는 도시의 야경에 소소하게 행복해하는 모습들을 보니 행복을 느끼는 포인트는 동서양이 많이 다르지 않구나 싶었다. 전망대에서 밤의 뷰를 보고 나니 내일 아침에도 들르고 싶어졌다. 하지만 10시 오픈이라 공항까지 3시간 전에 도착하기 위해 리무진을 10시 50분에 예약해서 아무래도 불안했다. 공항에서 도쿄 시내로 들어오는 리무진은 자주 있는 것 같았는데 호텔에서 나리타까지 가는 리무진은 1시간 간격으로 있었다. 30분 간격으로 있었으면 아침에 전망대에 한 번 더 오를 수 있었을 텐데 아쉬웠다. 하지만 막상 여행사 안내에 따라 일찍 도착한 평일 나리타 공항은 그렇게까지 혼잡하진 않아서 출국 수속을 마치고 면세점까지 구경하고도 공항에서 1시간 정도 시간이 남았다. 오전 전망대를 한번 보고 왔어도 괜찮았을 텐데 하는 아쉬움이 계속 따라다녔다. 이래저래 그렇긴 했지만 도쿄는 서울에서 2시간 반이면 올수 있다는 사실이 새삼 좋게 느껴졌다.

예쁜 야경을 눈에 담고 사진에 담고 동영상에 담고, 담고 담다가 마감 5분 전쯤에 나왔다. 스낵바처럼 보이는 곳은 영업을 마감했었다. 그래서 저녁은 공원에서 먹으려고 샀던 주먹밥과 코엔지에서 테이크아웃한 튀김 꼬치를 숙소에서 먹기로 했다. 호텔에 도착해서 지하1층 편의점에 들러 음료수도 사고 유진이가 부탁한 컵라면도 사고 디저트로 먹을 당고도 샀다. 숙소에서 먹는 편의점 음식들도 꽤 괜찮았다. 게살과 마요네즈가 들어간 주먹밥은 아침에 사고 저녁에 먹었는데도 맛있었고 당고는 찹쌀떡을 물엿에 찍어 먹는 맛이었다. 도쿄에 당고가 유명한 카페도 있는 모양이었다. 아침은 호텔 조식이 잘 나오는 편이라 든든하게 먹었고 늦은 점심으로 스시와 하이볼을 먹고 점저로 튀김 꼬치와 레몬사와를 먹고 저녁으로는 편의점 주먹밥과 녹차와 당고를 먹었으니 이 정도면 먹는 것도 잘 챙겨 먹은 것 같았다.

이제 지하철도 적응이 되었고 구글맵에도 적응이 되어서 하루 더 묵는다면 더 알차게 여행할 수 있을 것 같았지만 내일 인천으로 가는 비행기를 타야 한다니 아쉬웠다. 비행기가 오후라서 오전에 조금 시간이 있긴 하지만 일정을 짜기엔 조금 부담감이 있어서 신주쿠 교엔을 검색할 때 알게 된 호텔 근처에 있는 중앙공원을 산책하고 공항에서 시간을 보내기로 했다. 대만 여행 때도 타이베이 공항이 좋아서 비행기가 지연됐었지만 그럭저럭 시간을 잘 보낼 수 있었다. 내일의 스케줄을 생각하면서 낮에 사 온 버블 바스를 욕조에 담고 따듯한 물을 받았다. 잘 쉬고 내일은 일찍 일어나서 전망이 보이는 자리에서 조식도 먹어야지.

오늘 하루는 만족스러웠다. 아침에 신주쿠에서 잠깐 헤맸던 것 말고는 가는 곳마다 척척 일이 잘 풀렸다. 행운이 따라다니는 것 같아서 욕심내어 더 많이 다니고 더 많이 보고 더 많이 마음에 담은 것 같다. 흐뭇한 마음이었지만 반신욕을 하고도 낮에 마신 커피 때문인지 잠이 오지 않아 티브이를 켰다. 채널을 돌리다 보니 한국 방송이 나오고 있었다. 아! 이제는 도쿄에서도 한국 방송을 볼 수가 있구나! 오... 한류 만세! 두 개의 채널이 있었는데 내가 본 프로그램은 티브이에서 자주 보았던 한국인

셰프가 가고시마 향토 음식의 맛을 재해석해서 발굴하는 예능 프로그램이었다. 서울에서는 본 적이 없어서 재밌게 봤다. 이렇게 하여 마지막까지 행운으로 마무리했다.

DAY 3

● 위 아 더 월드!
- 신주쿠 워싱턴 호텔 조식

5시에 눈이 떠졌다. 어젯밤에 잠이 안 와서 티브이를 켜고 한참 뒤척이다 겨우 잠이 들었는데도 불구하고 반짝 눈이 떠졌다. 조식을 시작부터 창가 쪽 자리에 앉고 싶어서 조금만 뭉그적대다 6시에 일어났다. 도쿄는 서울과 시차는 없지만 해가 일찍 지고 아침은 조금 더 빨리 오는 것 같다. 5시부터 환했다. 창밖을 보니 도쿄 도청사 벚나무까지 횡단보도 한 번만 건너면 되는 것 같아 아침 산책을 나섰다. 호텔 정문과 후문으로 나가서 직선으로 걸으며 신주쿠 중앙공원에 가는 길을 가늠해 봤다.

산책 후 6시 반에 엘베를 타고 25층을 누르니 버튼이 안 눌렸다. 할 수 없이 다시 룸으로 와서 아침 기도를 마치고 38분쯤 다시 탔는데 영어를 사용하는 외국인 5명이 먼저 타고 있었다. 여차저차 그들도

25층으로 가는데 버튼이 눌리지 않아서 1층으로 갔다가 다시 올라가려고 한다고 하면서 1층에 도착하자 바로 버튼을 눌렀다. 오! 25층 버튼에 불이 들어와서 모두 함께 환호했다. 조식을 향한 이 마음 위 아 더 월드!였다. 하지만 도착하니 이미 웨이팅 줄이 길게 서 있었다. 창가 자리에 앉을 수 있을까? 조마조마하며 기다리다 입장을 했는데 다행히 나는 마지막 창가 자리에 착석하는 행운을 누리게 되었다. 하지만 사실 내가 이런 행운을 받을 수 있었던 것은 바로 내 앞에 서있던 외국인이 조식 쿠폰을 못 찾아서 가방을 뒤적거리고 지갑도 뒤적이다 나에게 양보를 해주는 바람에 내가 먼저 입장하면서 앉게 된 행운이었다. 여러분. 여행 중 조식 쿠폰, 리무진 승차권, 여권 같은 중요한 물건들은 가방 안쪽 지퍼에 잘 보관합시다!

　　조식 테이블 내 자리 옆으로 외국인 커플 두 팀이 나란히 앉았다. 혼자 조식을 먹고 있으니 바로 옆자리 사람이 말을 걸어왔는데 사우스캐롤라이나에서 왔다고 했다. 나는 서울에서 왔다고 하니 자기도 열흘 후에 오사카에서 부산으로 갔다가 서울에 가서 열흘 동안 머무른다고 했다. 아마 일본 한국 중국을

한 달 정도 여정으로 온 모양이다. 여행 스케일이 크기도 하다. 우리도 요즘은 태국 한 달 살기, 제주 한 달 살기... 같은 트렌드가 있긴 하지만 생업을 하면서 그게 쉬운 일은 아니지 않은가? 여하튼 나도 오빠가 캘리포니아에 산다고 하니 캘리포니아 어디 사냐고 해서 LA 근처라고 하니 못 알아듣고 로스앤젤레스라고 하니 알아들었다. 음... 엘레이는 혹시 한국에서만 쓰는 콩글리시였던가? 이런저런 짧은 대화를 나누고 식사를 마치고 먼저 일어나면서 일행 중 다른 신사분이 정중하게 인사하며 다음에 로스앤젤레스 여행도 하실 수 있길 바란다고 했다. 어제는 양옆으로 일본인인듯한 사람들이 앉았었는데 그분들은 아무 말 없이 밥만 먹으면서 핸드폰을 하고 계셨었다. 아무래도 동양인들은 수줍음이 많은 모양이다.

● 도심 속 오아시스
  - 신주쿠 중앙공원

　3일째 아침이 되어서야 조식 창가 자리에서 보이는 건물 중 하나가 도쿄 도청사라는 걸 깨달았다. 룸에서도 24층 레스토랑에서도 벚꽃이 만개해서 궁금했던 바로 그 건물이었다. 식사를 마치고 짐 정리도 마치고 9시에 도쿄 도청사 쪽으로 갔다. 청사 뒤쪽이 바로 중앙공원이었다. 튤립과 키가 작은 꽃들이 예쁘게 가꾸어져 있었다. 개인적으로는 수령이 오래된 나무들이 많았던 요요기 공원이나 왕실의 정원이었다는 신주쿠 교엔에 비하면 인공적인 느낌이 들었지만 빌딩 숲속에 이 정도 규모의 공원이라니 놀랍기도 하고 부럽기도 했다. 산책하면서도 전망대에 올라볼까 또 고민했지만 패스했다. 여차하면 뷰 본다고 하다가 리무진을 놓치게 되면 낭패일 것 같았다. 체크아웃 하는데도 시간이 걸릴 수도 있을것 같았고 호텔 25층 레스토랑 조식으로 낮 뷰는 충분히 봤다고 다독였다.

하지만 지금 생각해 보면 내가 마음에 여유를 가졌더라면 도쿄 도청사 오전 전망을 볼 수도 있었을 것 같아 못내 아쉽다. 물론 그렇게 겁을 냈던 것도 나의 첫 자유여행의 일부이기도 하지만 말이다. 겁을 내고 조심하는 마음 덕분에 계획을 하나하나 완성 해갈 때마다 기쁨도 컸던 것 같다. 신주쿠 중앙공원에는 스타벅스도 있다고 했는데 이 또한 괜히 찾으려고 돌아다니다가 시간을 허비할까 봐 길을 잃지 않을 반경 안에만 있었다. 지금 생각해 보니 이것도 참 아쉽다. 하지만 공원 안 지대가 높은 곳에 대리석으로 만들어 놓은 예쁜 정자가 있어서 거기 앉아서 공원을 내려다보며 멍하니 앉아 있었던 시간이 좋았다.

도쿄 도청에서 근무하는 사람들은 이 공원을 자주 애용할 것 같았다. 아침에 잠시 벤치에 앉아 사색에 잠긴 할아버지들도 계셨다. 나도 집 가까이에 이런 숲과 벤치가 있다면 아마 자주 애용할 것이다.

한강 공원에 가끔 가긴 하지만 조금 멀다. 서울 도심에도 지금보다 공원이 더 많이 생기면 좋겠다. 다음에 도쿄에 오게 되고 혹시 또 신주쿠 워싱턴 호텔에 묵게 된다면 중앙공원의 스타벅스도 이용해 보고 다른 계절도 느껴 보고 해야지... 왠지 도쿄는 앞으로 자주 오게 될 것 같은 기분이다.

공원을 한 바퀴 돌고 숙소로 돌아와서 체크아웃을 하러 라운지로 내려가니 룸 키만 기계에 반납하면 완료됐다. 너무 금방 끝나버렸다. 그래서 또 이래저래 아쉬웠지만 라운지에 앉아 여행의 마무리를 메모하면서 리무진 시간까지 대기하기로 했다. 마침 안락한 소파가 하나 비어 있었다. 소파에 편하게 기대앉아 로비를 오가는 사람들을 무심히 바라보고 있자니 아침부터 체크인하러 왔다가 캐리어를 보관소에 맡기고 가는 사람들이 많았다. 다양한 국적의 여행자들을 보면서 핸드폰에 메모를 남겼다. 호텔에서도 공항에서도 대기하는 시간이 여유가 있어서 이런저런 기록과 생각을 남길 수 있었다. 여행 후 옅어지는 기억들이 메모에 남아있어서 귀하게 여겨진다.

이번에 묵었던 신주쿠 워싱턴 호텔은 룸은 작아도 있을 건 알차게 다 있고 건물이 웅장하고 심플하며 세련된데다가 무료 전망대가 있는 도쿄 도청사와도 가깝고 신주쿠 시내에서 도보로 이동이 가능해서 좋았다. 그리고 룸 청소는 장박의 경우 3일째에 시트도 갈고 바닥 청소를 해주었다. 어메니티도 최소한으로 간소하게 준비되어 있었고 더 필요한 건 로비에서 각자 가져다 썼다. 그러고 보니 시내에서 쇼핑할 때 물건을 봉투에 담아주는 곳도 없었다. 도쿄의 에코생활을 엿본 느낌이다.

● 공항에서 시간 보내기
- 나리타 공항

리무진 시간까지 호텔 로비에서 대기하고 있었는데 체크인 시간보다 일찍 도착한 여행객들이 짐을 보관소에 맡기고 있었다. 그중 건장한 체격의 서양인 젊은이 둘이 짐을 맡기려다가 직원과 이야기하더니 다시 캐리어를 꺼내서 인포메이션 데스크 앞 바닥에 펼쳐놓고 옷을 꺼내서 갈아입고는 칸막이가 없는 쪽으로 뚜껑을 닫다가 안에 있던 내용물들을 다 쏟았다. 구석진 자리도 아니고 나처럼 소파에 앉아서 대기하고 있던 사람들도 있었는데 멋지게 생긴 분들이 참 털털하다고 생각하며 혼자 웃었다 '역시 남자들이란 국적을 불문하는구나...'

그런데 나리타 공항 출국 심사대에서 직원이 일본어로 쌀라리 하면서 손으로 내 캐리어 옆에 놓여 있던 빈 바구니를 가리키길래 순간 어리둥절한 나는

122

캐리어를 그쪽 바구니로 옮겨 담았다. 하지만 그 직원의 제스처는 어깨에 메고 있던 숄더백과 겉옷을 담으라는 뜻이었다. 그러고 보니 공항 직원인데 영어를 못 했던 거였군요! 흠. 여하튼 내 순서 다음에 서서 나를 따라 하려고 지켜보던 동양 남자 둘이 처음에는 눈을 동그랗게 뜨고 상황을 바라보다가 웃음을 참는 걸 슬쩍 보았다. 하지만 나도 마스크 안에서 나도 내가 웃겨 죽느라 부끄러울 새가 없었다. 아마 내가 사라지고 나면 그들도 그랬겠지. "여자들이란 국적을 불문하는구나."

　　그렇게 출국장을 통과하고 면세점으로 들어갔다. 어느 블로거가 '나리타공항은 볼 거 없다고 들었는데 정말 볼 거 없더라' 길래 정말 그러려나? 했지만 노노… 면세점이 끝도 없이 이어져서 게이트 구간마다 상점가이고 출국장으로 들어가기 전에 있었던 쇼핑몰도 꽤 큰 편이었다. 아마 요즘 우리나라에서도 명품을 싸게 살수 있는 루트가 많아서 면세점이 메리트가 없어져서 체감상 그렇다고 느낀 게 아닐까 싶다. 여하튼 나는 티웨이 항공 게이트 쪽으로 가면서 화장품과 그 외 상점들을 천천히 구경하면서 가다가 아키하바라라고 크게 쓰여있는 곳으로 우연히 들어가게 됐다. 잡화의 종류도 다양했고 면세점 내 다른 상점에 비해 가격도 좋았다. 나는 사케랑 아몬드 초콜릿을 사고 다시 게이트 쪽으로 가면서 다른 상점에도 들어가 보니 내가 산 사케가 가격이 좋았다. 물론 브랜드가 다르겠지만 좋은 가격에 구매하게 되어 기분이 좋았다.

여행 오기 전부터 공항이 복잡하다고 안내 문자도 여러 번 오고 일정을 짜려고 보았던 유튜브에서도 그러길래 겁을 먹고 일찍 공항에 도착했더니 시간이 많이 남았다. 남은 엔화 동전으로 자판기에서 녹차 한 개를 뽑아서 게이트 쪽으로 슬슬 걸어갔다. 출국장 안쪽에도 식사를 할 수 있는 식당이 하나 있었다. 라멘도 팔고 다른 메뉴도 있는 것 같았다. 배가 고프진 않아서 걷다가 대기석 안쪽으로 숨은 명당 장소를 발견했다. 누군가 창가 테이블에 앉아서 노트북을 하는 모습이 언뜻 보여서 들어가 보니 거짓말 같은 공간이 있었다. 테이블 상판 아래에 콘센트도 있었고 창밖으로는 대기 중인 비행기들이 보였다. 아마도 비즈니스 공간인듯했다. 인천공항에서는 못 봤던 구획이라 신기하게 느껴졌다. 뷰도 좋고 조용해서 시간이 많이 남은 나에게 안성

맞춤인 장소였다. 시원한 녹차를 홀짝이며 비행기를 바라보며 쉬다가 핸드폰 노트에 여행 기록을 끄적였다. 시간 여유가 있어서 꽤 오래 앉아서 메모할 수 있었다. 다음에도 나리타 공항에 오게 된다면 잊지 말고 이 공간을 잘 활용해야지.

　　6시 15분 인천 공항에 도착했다. 착륙할 때 즈음 한 아이가 울고 보채기 시작했는데 우는소리가 왠지 일본 아이 같았다. 신기하게 아이들 우는소리에도 국적이 있어서 말하는 게 아닌 우는소리이지만 외국어가 있다. 5년 전 가족여행으로 오키나와에 갔을 때였다. 어느 카페 마을에서 주변을 둘러보고 있는데 조금 떨어진 곳에서 아이 우는소리가 들려왔다. 그런데 그 소리가 너무 익숙한 게 아무래도 동네에서 자주 들었던 소리 같았다. 하지만 외국이고 인적이 드문 곳이어서 "설마!" 하면서 아이들 울음소리는 전 세계가 다 비슷한 걸까? 생각했다. 그런데 모퉁이를 돌면서 우는 아이의 정체가 밝혀졌다. 강력한 아이의 떼쓰는 소리에 이어 "안돼!"라는 단호한 한국 엄마의 고함이 이어졌고 우리는 함께 웃었다. 그리고 지금 울음소리는 굳이 누군가 달래지 않아도 알 것 같았다. 우는 억양이 달랐다.

　　입국 심사장에 도착하고 줄 서서 기다리고 있는데 직원이 영어로 여권을 준비하라고 안내했다. 그런데 앞사람한테는 한국말로 하는 걸 들은 것 같았다. 내가 잠자코 여권을 보여주니 의아한 표정으로 고개를 갸웃했다. 굳이 한국말로 "네. 한국 사람입니다."라고 응대하기엔 기운이 없어서 그냥 잠자코 있었다. 사실 명동에 관광객이 많아지기 시작할 무렵부터 명동에서건 경복궁역에서건 웬일인지 가게 점원들이 내게 영어로 응대한 적이 많았었다. 이렇게 오랜만에 외국인 대접을 받으니 기분이 또 나쁘진 않았다. 아직은 이국적이라는 말에는 긍정적인 효과가 있는 것 같기도 하다. 입국 심사는 30분이 채 걸리지 않아 끝났고 와이파이 도시락까지 반납 완료하니 6시 45분이었다.

　　이제 집으로 가야 한다. 코로나 이전에는 공항에서 리무진을 이용한 적이 많았었는데 공항 철도가 생겼다고 해서 이용해 보기로 했다. 아렉스 직통열차가 중간에 정차하는 역 없이 바로 간다고 해서 타기로 했다. 표를 사고 타는 곳은 공항 안내 데스크에서 물어본 후 표지판을 따라가니 수월하게 찾을 수 있었다. 출발 시간이 조금 남아서 KFC에서 햄버거를 하나 먹고 7시 28분 출발하는 열차에 탑승했다. 탑승객은 대부분 외국인이었는데, 중간에 승무원이 생수도 하나 줬다. 좌석도 앞뒤 간격 여유가 있어서 편하게 타고 왔다. 공항리무진의 반값이니 공항에서는 이제 철도를 이용해야겠다.

서울역에 내려서 바로 택시를 타고 오니 집에 8시 50분에 도착했다. 나 홀로 도쿄 여행이 이렇게 마무리됐다. 혼자 떠난다는 설렘으로 나에겐 특별했던 여행이었다.

After

●추억
- 나 혼자 간다

    소파에 누워 있는데 일본 지하철에서 안내방송으로 나오는 여자 목소리가 들리는 것 같았다. 여행 내내 지하철을 타고 이동해서 그런 모양이다. 대학 때 방학 중에 잠시 후쿠오카에서 보낼 때도 비슷한 음성이 여기저기에서 들렸던 것 같다. 백화점에서도 지하철에서도

" #^% 지와 나마나끄 데쓰*'#"

    문득 그런 생각이 들었다. 외국인들에게도 서울 지하철 안내방송 음성이 한국하면 떠오르는 목소리일까? 일본 지하철 안내 방송도 호텔 체크인할 때나 리무진 승차권 예약할 때 상점에서 만나 짧게 대화했던 여자들의 음성이나 억양과는 차이가 있긴 했지만 어쨌든 '일본 여자의 음성은 이런 느낌이다' 하는 선입견이 생겼다. 외국인들에게 한국 지하철 방송은 어떤 느낌으로 들릴지 궁금해졌다. 가끔 차장

아저씨가 하는 방송은 찐 한국 중년 남성의 목소리면서 왠지 그 소리는 가끔 졸린 목소리여서 정말 사람이 하는 방송 같지만 한때 지하철 안내 방송은 컴퓨터 소리라는 루머도 있었다.

　이번 여행은 준비할 때도 좋았지만 다녀와서 사진으로 다시 보고 신주쿠 거리가 나오는 영화를 찾아보며 추억에 젖는 시간들도 참 좋았다. 여행 계획을 짜는 건 2주 동안 했는데 다녀와서 여행 에세이를 쓰는 동안 3주가 지났다. 2박 3일의 일정이었지만 도쿄에 대해 생각한 건 한 달이 넘도록 한 것 같다. 이제 조금씩 일상에 젖어 들면서 여행의 추억도 시나브로 사라져간다. 이토록 좋았던 이유는 처음으로 혼자 해보는 해외여행이었고 계획한 대로 보고 싶었던 거리, 사고 싶었던 물건들, 하고 싶었던 것들을 다 할 수 있었기 때문인 것 같다. 이제는 혼자 하는 여행도 가끔 할 수 있을 것 같다. 어쩌면 남들에 비해 조금 늦은 나이에 한 홀로 여행일 수도 있다. 하지만 인생은 길고 추억은 계속 만들어가는 것이니 혼자 계획하고 혼자 헤쳐나가는 여행을 또 계획할 수 있으리라. 여행은 혼자 하면서 깊어지는 것이니.

교정을 하면서 원고를 다시 읽으니 첫 독립출판 했던 때가 떠올랐습니다. 처음 써보는 프로그램에 원고를 앉히고 혼자 북 디자인을 하면서 혹시라도 키를 잘못 눌러 원고가 엉망이 되면 복구하는데 애 먹을까 봐 소심하게 다루었던 기억이요.

제 첫 책은 그렇게 만들어져 동네 서점으로 갔습 니다. 그리고 소심했던 첫 혼자 여행도 이렇게 책이 되어갈 준비를 하고 있습니다. 지극히 사적인 좌충 우돌 초보 여행자의 기록이 어떤 의미로 독자에게 다가갈 수 있을지 조심스럽습니다. 모쪼록 제가 여 행 준비를 할 때 참고했던 블로그나 유튜브 영상처 럼 당신의 혼자 여행에도 참고가 되고 친구가 될 수 있다면 기쁘겠습니다.

초판 1쇄 발행 2023년 11월 30일

봄날愛도쿄

글그림   민영
디자인   민영
펴낸곳   공감동화

출판등록   2023년 9월18일 제 2023-000105 호
전자우편   fille96@hanmail.net
ISBN   979-11-985186-5-1